年下の老人・白鳥でいる不安

不思議と奇怪の間の句集

蒼冥

大鋸甚勇

オンリーワンの俳句が目標

「夢」句会の最大の目標は、会員誰もがオンリーワンの俳句を創作することです。これは創始者・前田吐実男の理念でもあります。

オンリーワンの俳句とは端的に言うと、他では見たことのない俳句、手垢のついていない独特な俳句のことですが、もっと広い意味では、作者だけの味わいを持って完成されている俳句、ということが出来ます。

「夢」句会が考えるオンリーワンの俳句についてさらに具体的に述べます。

オンリーワンの俳句は、最近非常に多く見受けられる、難解な言葉や概念の語句を組み合わせた、いわゆるくっつき俳句とは全く違う発想で日常生活の中で自然に交される言葉や感覚をそのまま作品にしたものです。当然、「夢」句会では日々使っている言葉による俳句、即ち口語俳句を徹底して追及することを一つのテーマとしています。

ただの説明は禁物です。一句の中に俳諧性とストーリー性を内包させることが最も大切です。この句作りを続ける延長線上に人間味溢れるその人だけの俳句が完成されていくのです。そのためには、日常生活の一コマ一コマを当り前の事とやり過ごさずに、「作句をする」という心構えで目の前で起きた事に観察眼を向ける日々の精進が必要です。

と言っても、決して概念に縛られてはいけません。感性が大切です。自分の思いを素直に発露させるわけですが、一方で独りよがりの俳句ではいけません。意外性とワクワク感を醸し出しつつ、言葉を尽くさずに自然に「なるほど感」を鑑賞者に想起させる客観性を持つ俳句でなければいけません。決して派手ではなく、むしろ地味であってこそ、そうした俳句は多くの共感を生むものです。そして何よりも自然体で気楽に取り組むことが大切です。
「夢」句会は、俳句作りの根幹として、このオンリーワンの俳句を目指している結社なのです。そして、「夢」に参加して以来数十年、これを続けているのが、まさに大鋸甚勇なのです。

「夢」主宰　朧　潤

ハス（長谷寺）

年下の老人・白鳥でいる不安

不思議と奇怪の間の句集

不思議と奇怪の世界へようこそ

感性を信じる

大鋸甚勇と「夢」句会

コラム◆前田吐実男・甚勇俳句を鑑賞する

前田の鑑賞『最愛の馬鹿』

お互いに最愛の馬鹿初日拝む

「お互いに最愛の馬鹿」とは言い得て妙。四十年五十年と連れ添って成熟した夫婦とはそんなものかもしれない。長い人生お互いに馬鹿なことを言ったり、やったりしながら現在があり、これからも馬鹿をするかもしれないが、それを許し合えるのが成熟した夫婦なのであろう。その夫婦が揃って「初日拝む」のだから、これほどお目出たいことはあるまい。「最愛の馬鹿」の措辞には最高の愛情表現が込められている。相思相愛の一句。

前田吐実男

『夢』第四四号　平成十六年三月

福笑い猫

十一面観音菩薩面（長谷寺）

ミスティリアス

Mysterious

死神を真ん中に据えお屠蘇酌む

涅槃会（建長寺）

ハチス（長谷寺）

死化粧をして木枯しを追いかける
縄電車とぐろの先は枯野駅
耳に棲む凩僕と踊ろうよ

地蔵堂千体地蔵（長谷寺）

木枯しや骨となる木へ献血す
俺の逝く方へと曲がる枯野道

香炉（建長寺）

多聞天（長谷寺）

骨壺の中のお骨も汗を掻く
陽炎やお墓の中に街があり
人間のふりをしている案山子です

三伏や鏡の中の髑髏《しゃれこうべ》

阿弥陀堂香炉（長谷寺）

五百羅漢（建長寺）

亡霊とされ特養の檻の中

明ける

帰省して時々覗く井戸の底
毛の生えた心臓なれど黴臭し
マスクして肉の臭いを嗅いでおり

文字化けのメールに潜む鬼海星

青薔薇

前田の鑑賞『お墓の街』

陽炎やお墓の中に街があり

「お墓の中の街」へ行くには地下鉄が最も便利。地下鉄を降りると、そこはもう巨大なお墓の中だった。広い地下鉄街は全部食料品売場。一階から五階までは色々なお店があって賑わっていた。隣の「お墓の中の街」へは地下街を通って行けるところもある。少し遠くの「お墓の中の街」に行くには又地下鉄に乗って行けばよい。

都庁のある新宿副都心のビル群を遠景で眺めると巨大な墓群のようでもある。コンクリートで固めた長方形の建造物（ビルの類）だらけの大都会は、見立てによってはみんな「お墓」なのだ。「お墓の中に街があり」のようなものである。「陽炎」の季語が巨大なお墓に相応しい。この見立ての意外性の発見こそが作者の感性。

前田吐実男

『夢』第四五号　平成十六年六月

夏行く

イカリソウ（光則寺）

キュリオス

Curious

出鱈目の儲け話や牡丹鍋
死に金を数えておれば蚯蚓鳴く

燈る家（化野の茶屋）

囁き

風邪の神特養にある伏魔殿
徘徊の途中スマフォで火事を撮る
水湊を啜り花鳥諷詠せり

夏バテの骨を操りパンツ脱ぐ

電柱に雄雌のあり晩夏光

桜餅僕のうんちになるんだね

玄関の前で台風四股を踏む

雷神図

若きころ

年下の老人を連れ暑気払い

耄碌の始まっている冷蔵庫

芋嵐遺言状が宙を飛ぶ

退屈な家を逃げ出し風邪の神

開けっ放しの社会の窓へ小鳥来る

お通夜の控室にてラグビー観る

充分に火事見て養老院へ戻る

瑠璃星

実りのとき

貧乏の染みた絨毯断捨離す

心臓も肛門もあり熟れ柘榴

曼殊沙華老婆は一日にして成らず

早く消せショートケーキの上の火事

燃える

前田の鑑賞『養老院へ』

充分に火事見て養老院へ戻る

養老院というと、身寄りのない貧しい老人を集めて救護する公共施設という暗いイメージがどうしてもつきまとってしまう。老人福祉法（一九六三年制定）公布後老人ホームと改称された。だから養老院という名称は今から四十年以前の古い時代の名称なのである。作者がその古い時代の名称にこだわったのには、それなりの理由がある。老人ホームでは作者の訴えようとする感性は読者に伝わらないのである。「充分に火事を見」たひとときの心の昂りが「養老院へ戻る」一老人の孤独感を、より一層に際立たせている。一件写実のようであるが、実は作者の観念による、総て計算され尽くされた創作ドラマなのである。

他に「情死用棺あります紅葉宿」作意が見え見えなのだが、ここまで徹底されるとギャグ的な面白さが出る。

前田吐実男

『夢』第四八号　平成十七年三月

薊

ナンバンギセル（来迎寺）

オルガニズム

Organism

安死術考えており山椒魚
夏館金庫に猫の血統書
還暦と古稀の間を蝙蝠が
曳かれゆく虫が見ている蟻の貌

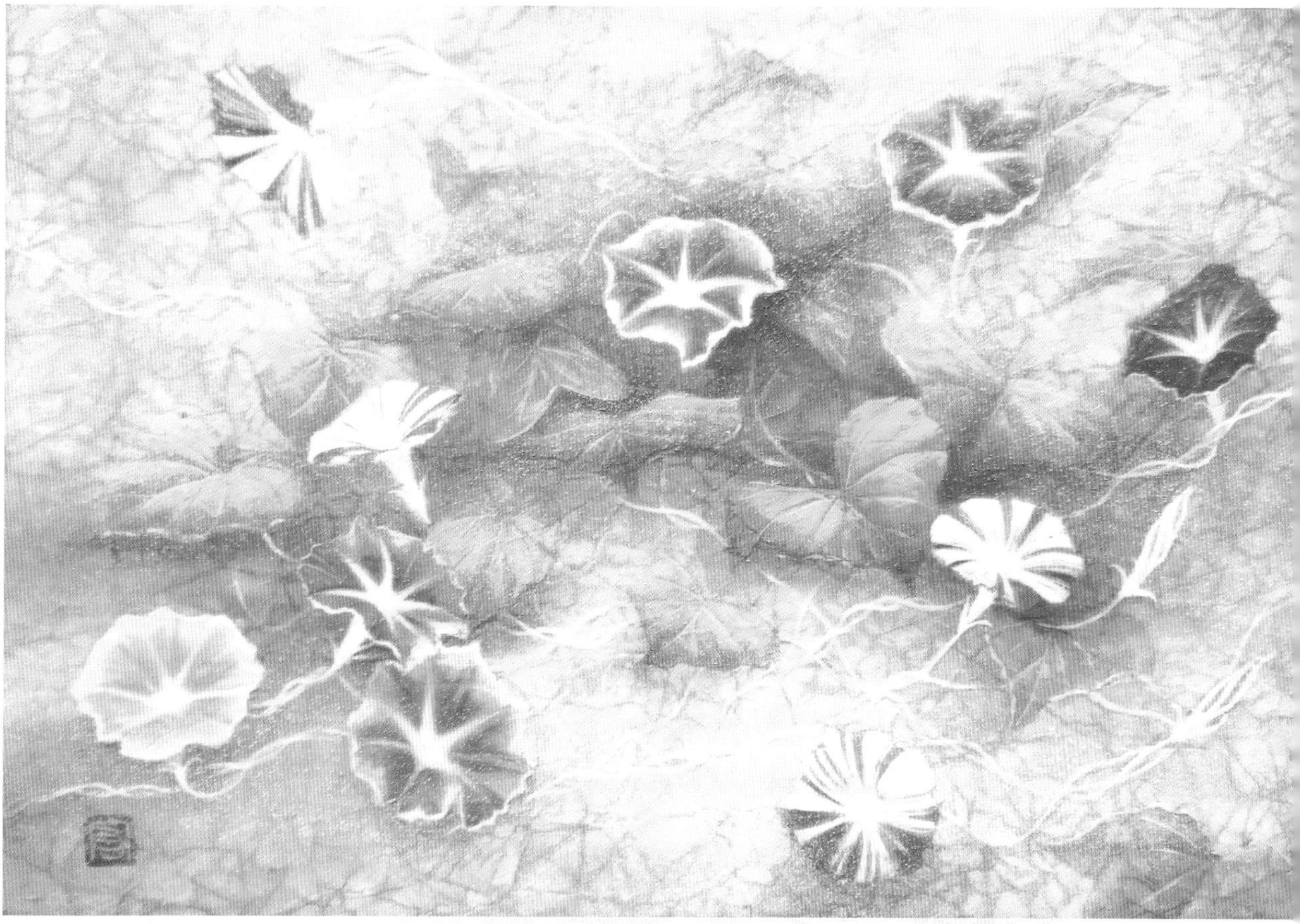

あさすず

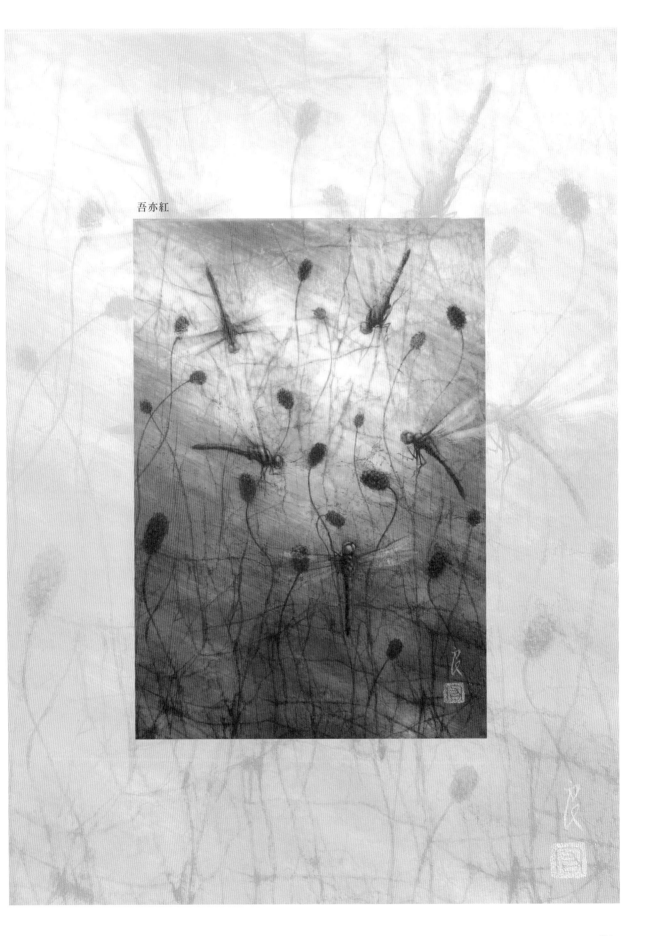

吾亦紅

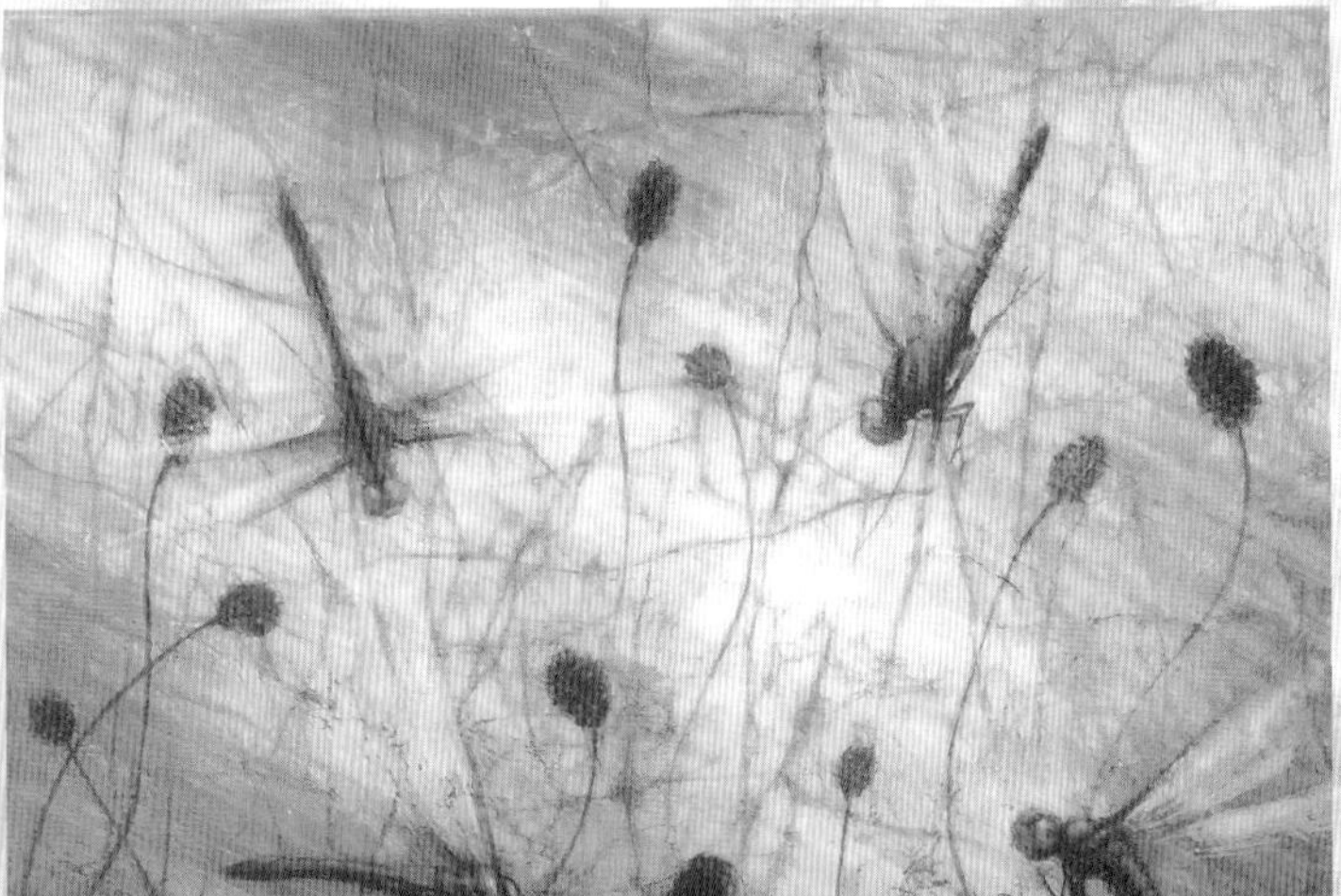

黒枠の中で微笑す牛蛙
夜の蝉ぶつかるものへ縋つく
無言劇主役で生きる毛虫
蛇遣い最後は蛇と入れ替わる

寒鴉高圧線で充電せり

火傷する火種を探す揚雲雀

洛西深秋

狐火の消えた方から妻戻る
遠巻きにされ白鳥でいる不安

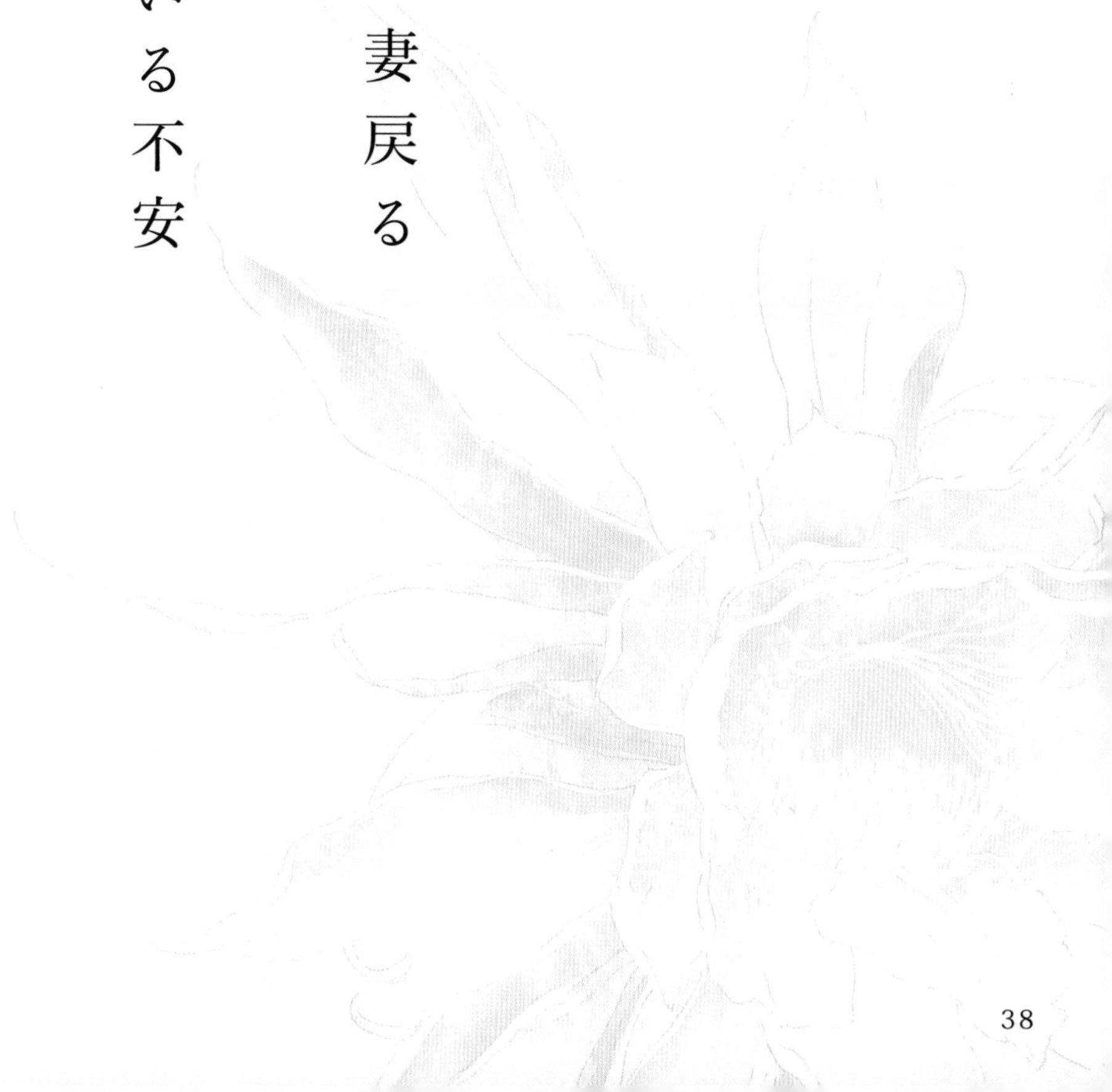

月下美人

夏館金庫に猫の血統書

夏館の語感からして古風な格式のありそうな洋館風の何とも古色蒼然たる建物を先ず想像させる。その奥深くにある金庫。金庫とは本来現金とそれに準ずるものとして小切手や手形、取引契約書、不動産の権利書などを入れておくものなのだが、その金庫に今では少しばかり大切な「猫の血統書」が入っているという。作者一流の皮肉たっぷりの一句であるが、その皮肉には夏館の栄枯盛衰の悲哀も込められていよう。
他に「放蕩は隔世遺伝青鬼灯」だから私にも放蕩の血が流れているので……。という作者の放蕩願望の一句。

前田吐実男

『夢』第五十号　平成十七年九月

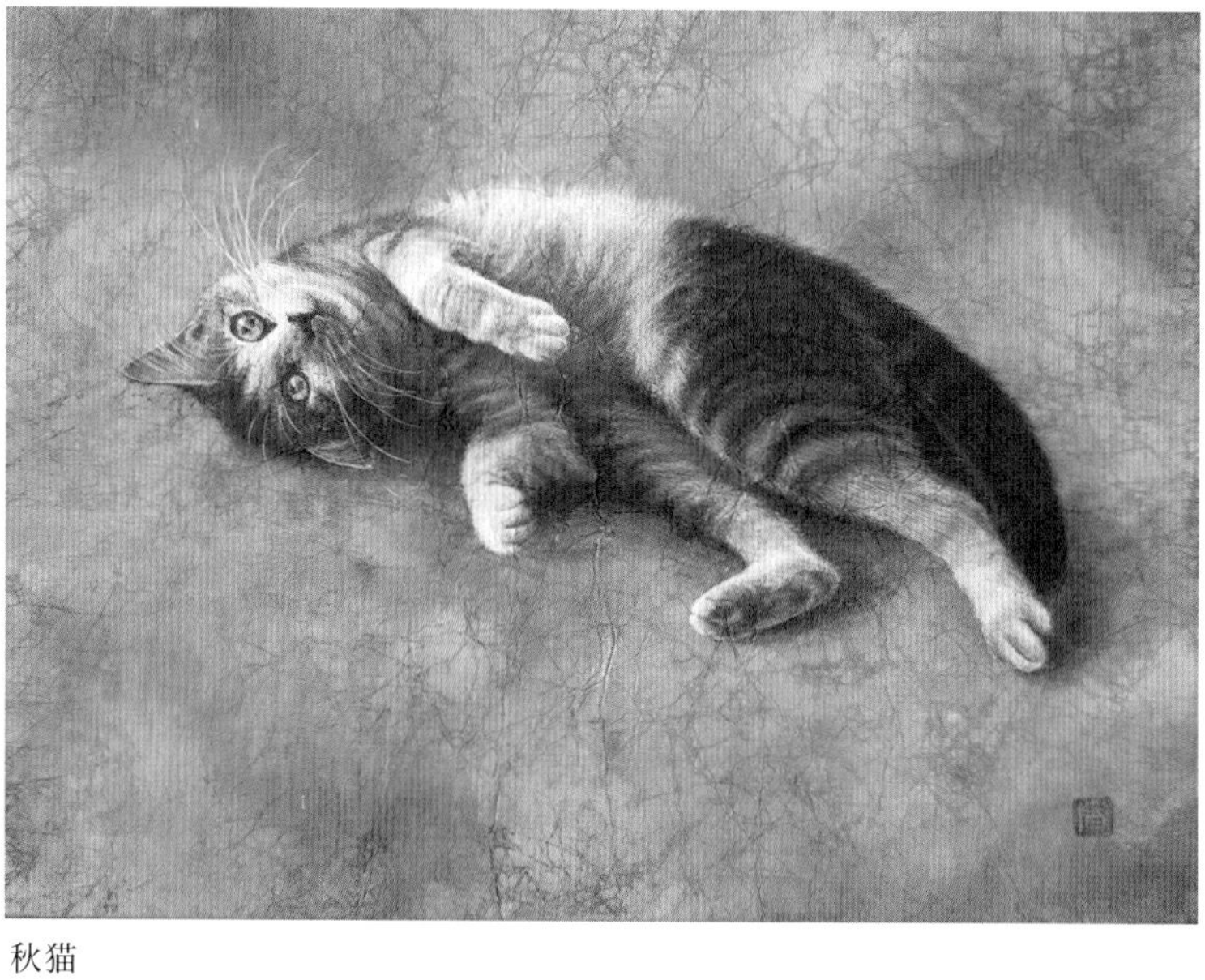

秋猫

開山忌（建長寺）

オネスティ

Honesty

蟻の巣の奥の人民共和国
皮靴の中の足首開戦日
日の丸で箪笥預金を包みけり
石鹸玉二級河川を渡りきり
蒲公英の絮になる人募集中

良縁地蔵（長谷寺）

ホームレス好きな国歌を口遊み
貌のない顔で彷徨う冬のデモ

和み地蔵（長谷寺）

凶年や遅れて正午打つ時計
談合で作ったビルの注連飾り

鎌倉裏駅 時計台

しゃぼん玉昔の街が映りおり

東京は泡の中なり万愚節

日の丸は遊泳禁止地帯なり

狂わねば動かぬ時計沖縄忌

灌仏会散華（長谷寺）

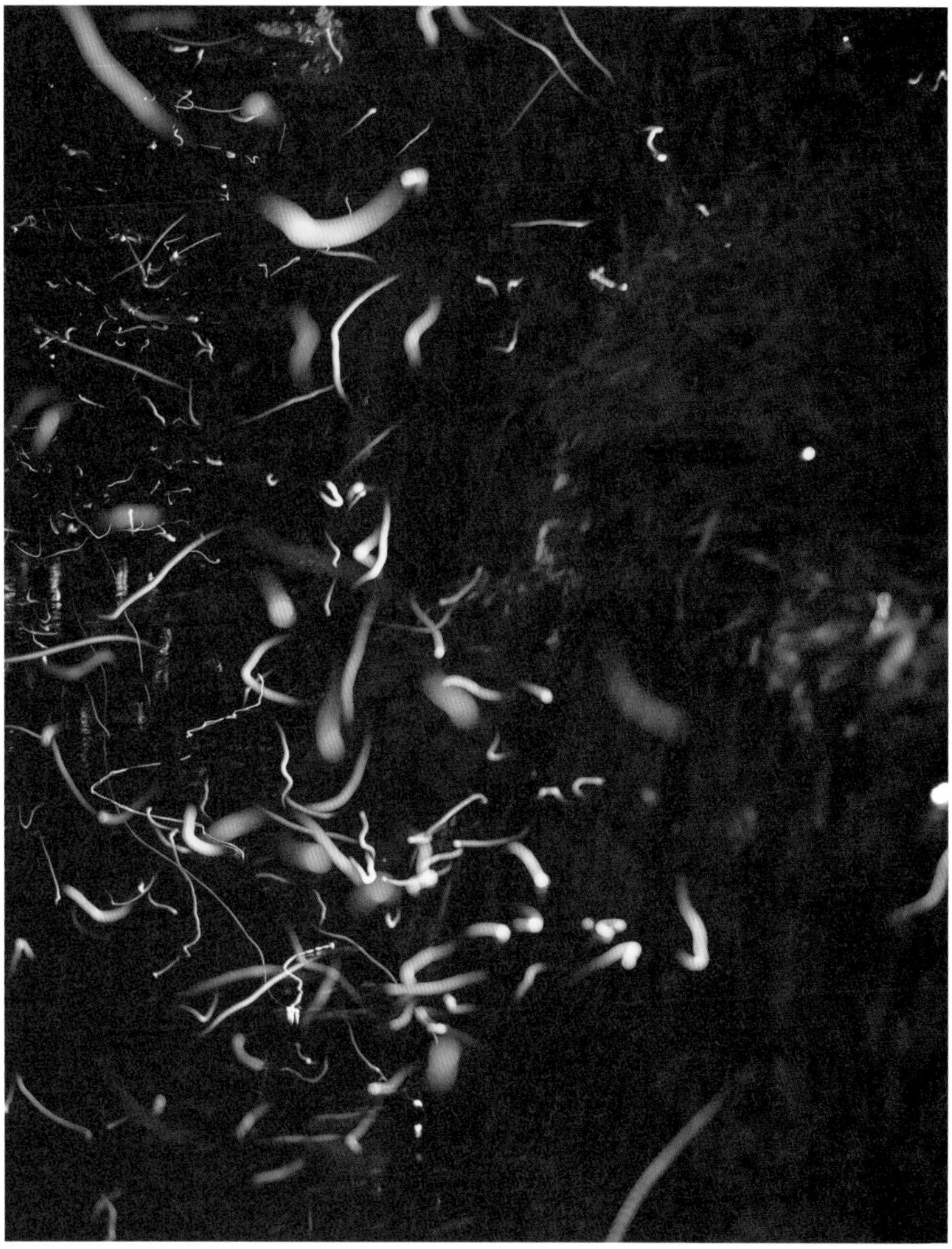

二階堂川 ホタル

合鍵で鬼門抉じ開け入学す

女から虫歯移され万愚節

断っておくが俳句は必ずしも作者の実体験とは限らない。むしろそのほとんどが、その作品を面白くするためのフィクションと考えたほうがよい。小説を作家の実体験として読む人は少ないが、俳句を作者の実体験として読む人がいるのは実体験だけで俳句を作る人もいるということと、短いという俳句の詩形のため、人称を省略するためであろう。小説なら女をフルネームで表せるが俳句は使っても掲出句の「女」のように人称代名詞。

さて掲出句であるが、虫歯を移された男性は省略されている。と読者は簡単に一人称省略と読み、作者の実体験にしてしまう。三人称省略だってある。むしろそのほうに普遍性がある。

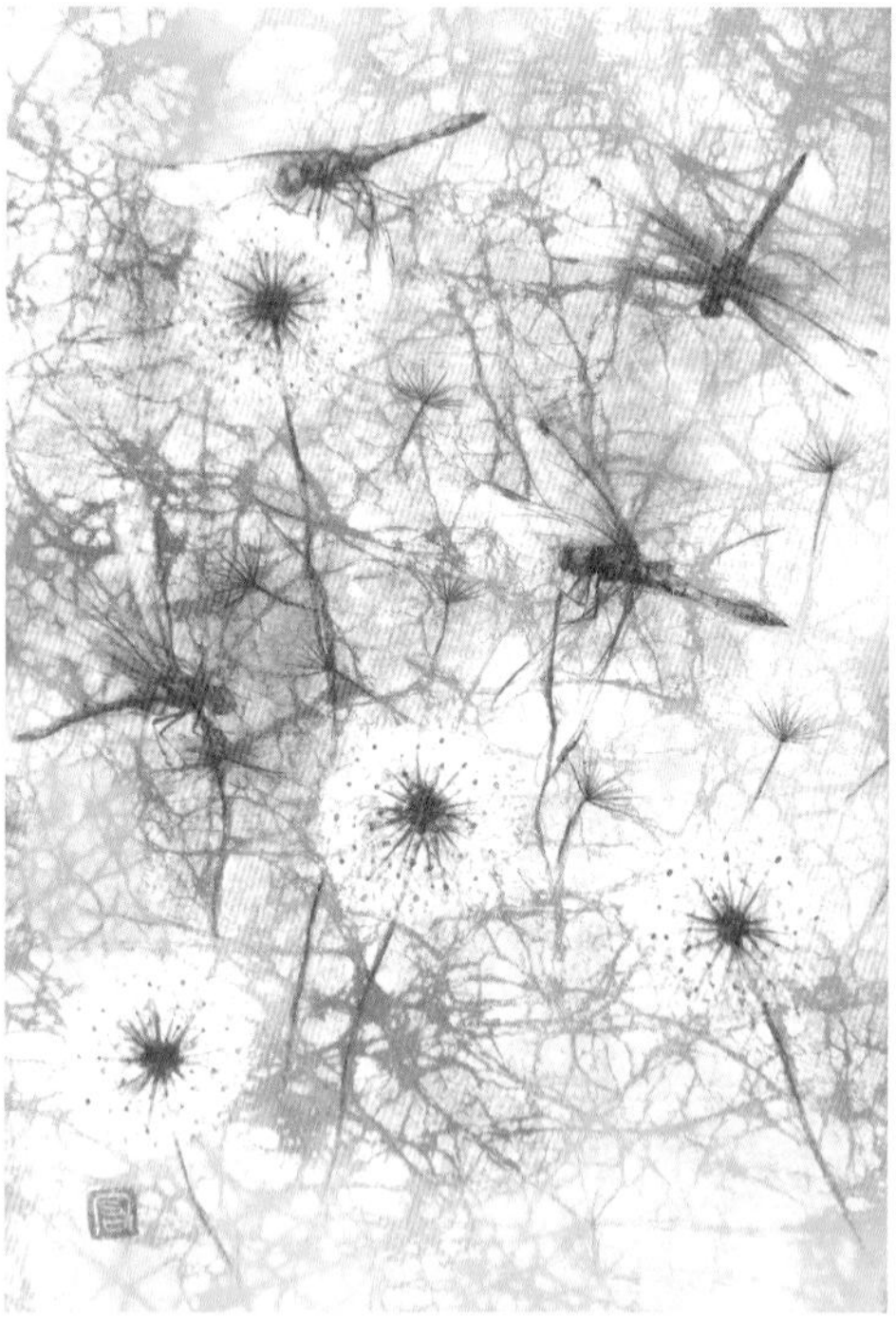

なつあかね

女がかわいがっている犬かもしれない。色々と妄想が出来て楽しい非人称存在の一句。

他に「集まって法螺を吹きおり初鴉」少々オーバーの表現ながら、比喩の効いた一句。今どき、結構閑な鴉どももいるものですな。

前田吐実男

『夢』第五七号　平成十九年六月

桔梗

ヒューマニズム

Humanism

歳月をスマフォに溜めて帰省する

産土の神は死神夏祭

喪服脱ぎ捨てて万能葱刻む

虎落笛獲物を求め救急車

歳の市（長谷寺）

節分会（長谷寺）

マスクして儲け話に耳澄ます
散骨を考えながら豆を撒く
凩と合流をして新宿へ

万灯祈願会（長谷寺）

分身となって飛び出す夜の咳

草笛や旋律暗き子守唄

沈丁の匂ぅ方へと夜具運ぶ

相続の痩せ田一枚捨て案山子

花野へ来て自ら遺失物となる
合歓の花回覧板はどの辺り

ヤブミョウガ（熊野神社）

稲村ヶ崎

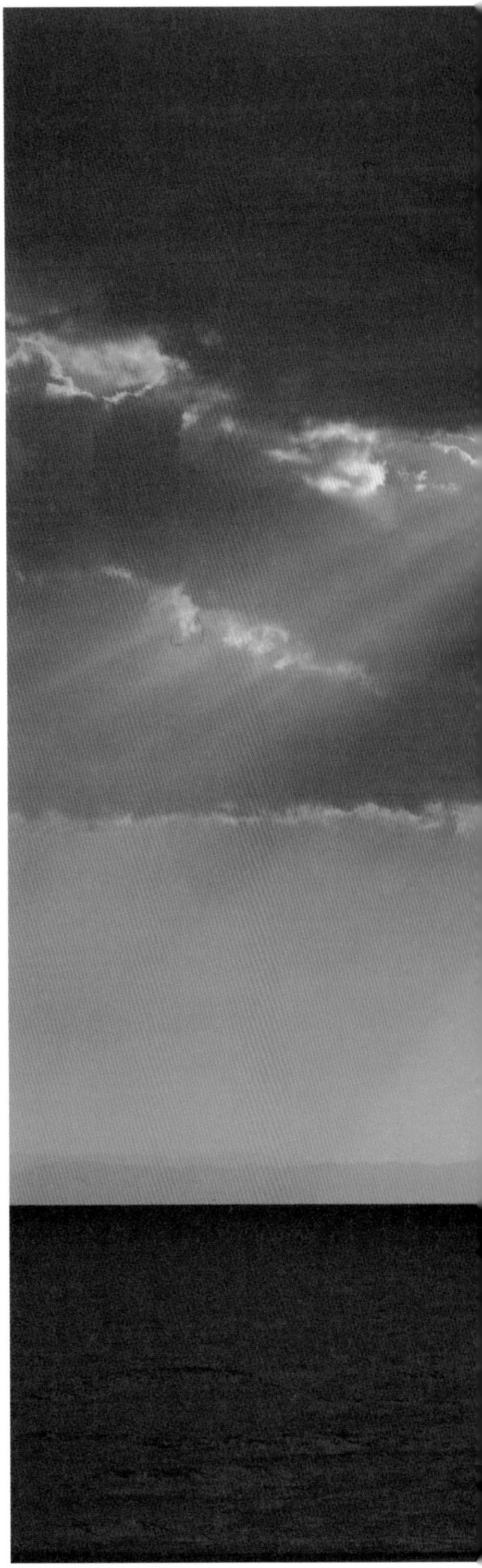

茸狩り名人なれど腹黒し
走ったら夕立になる街があり
不揃いな林檎磨きしまま未婚

髭を剃り白靴を履き徘徊せり

万愚節鏡の中で齢を取り

老愁や穢土も浄土も蜃気楼

スズラン（鶴岡八幡宮）

手水舎（鶴岡八幡宮）

水温むこと確かめるだけの旅

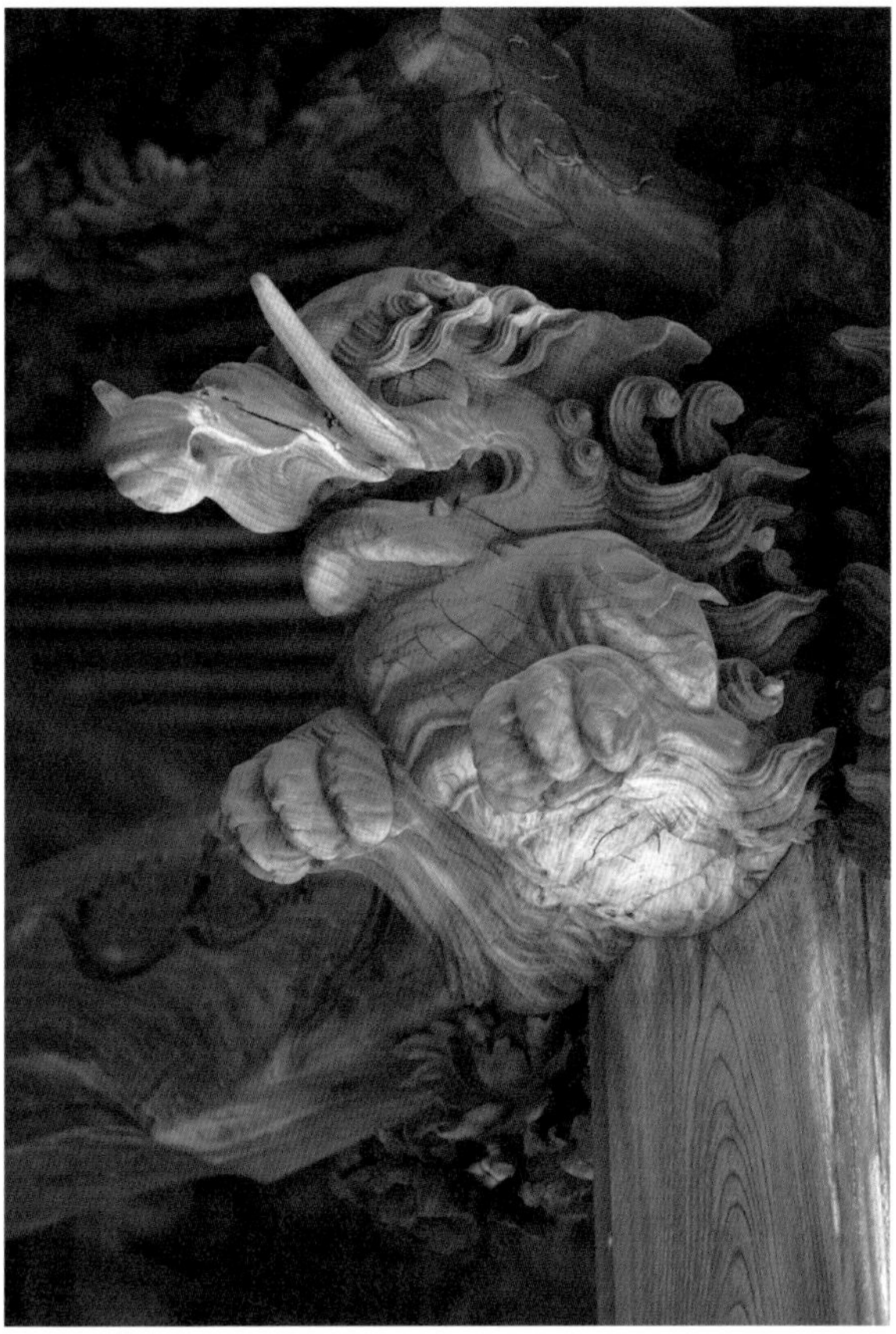

祖師堂木組み（妙本寺）

人体の至る所で年詰まる
斜め読みする秋風の裏表
迂闊にも余命を使い大昼寝

草毟り午後は人権集会へ

百八やぐら

我が呆けを抓み火鉢へ焼べており
落ちる葉の一枚も無い時間帯

曽爾高原

前田の鑑賞　『走ったら夕立』

走ったら夕立になる街があり

何となく雲行が怪しくなってきたので、急いで帰ろうと走り出したら、とたんに夕立が降り出したという経験はよくあること。雨宿りをしながら「走ってくるんじゃなかった」と後悔をしてもはじまらない。走ったから夕立に濡れたのは確かである。だが現実は降るべくして降り出した夕立であって、何も「走ったら夕立になる」わけではないのだが、それを作者は「走ったら夕立になる」と断定をしてみせる。そう断定をされると、そういう錯覚の風景もまた真実か、と思えてくるところが俳句の面白さ。そしてこの錯覚を通して、晴天であっても「走ったら夕立になる街があり」という、全くの非日常の風景としての鑑賞も出来得る虚実自在の一句である。

前田吐実男

『夢』第四七号　平成十六年十二月

シュウメイギク（瑞泉寺）

ほたるぶくろ

セクシャル リレーション

Sexual relation

妾宅と噂の家の雛祭り

夜桜や不浄門から影法師

東慶寺夜叉と知らずに桜抱く

狐目の女教師に疎まれる

 ベニシダレザクラ（円山公園）

アマチャと竹林（貞宗寺）

別嬪の方へ漂ぅ海月かな

猟犬の眼の看護婦に狙われる

愛人になり損なって障子貼る

蟻地獄時々妻を尾行せり

死に体の吾の一物事始め
猟銃の性感帯に触れて見る

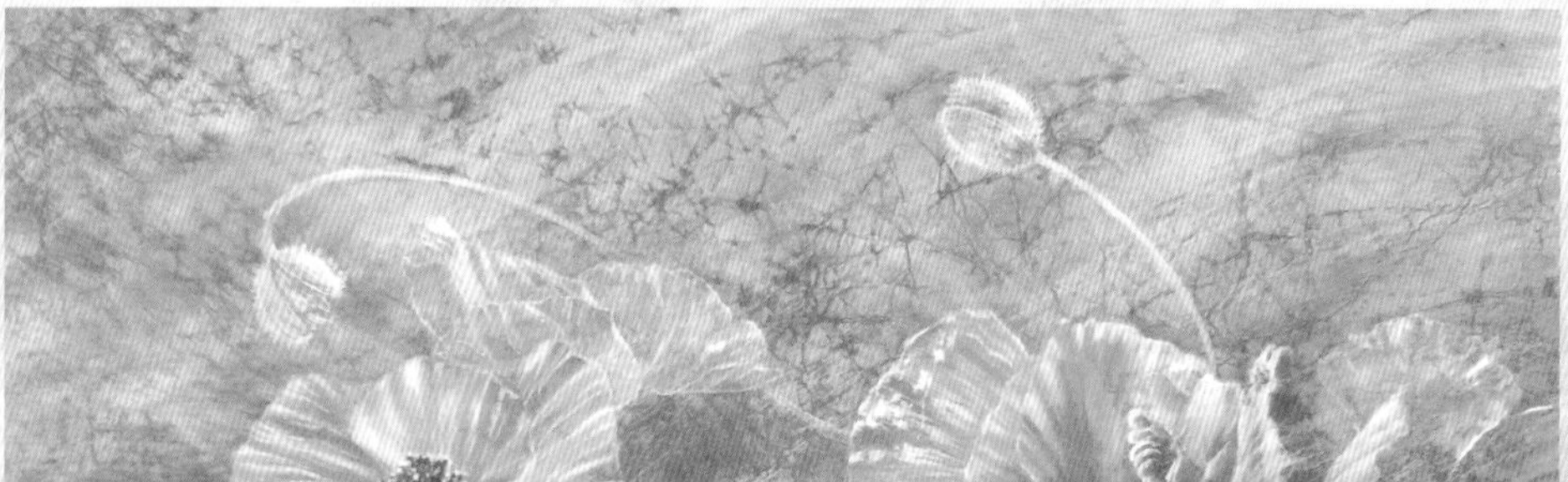

艶然

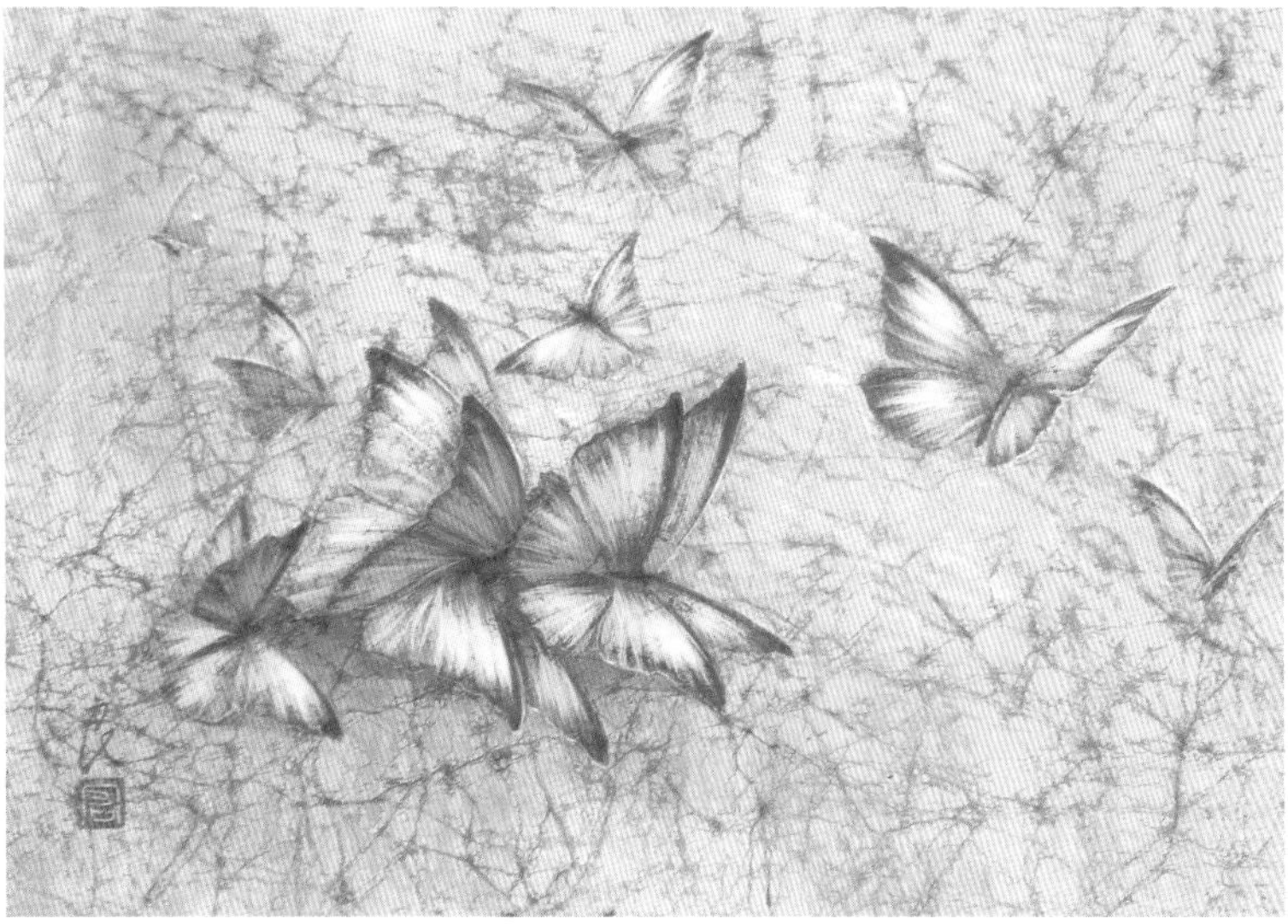

蒼い時

密会のノブを回せば冬の鵙
深爪の微かな疼き紫木蓮

感性を信じる

大鋸甚勇

一、鑑賞の美学

ここでは他人の作った俳句を鑑賞する重要性について語ってみたい。

俳句は一人称の文学

俳句は基本的に一人称の文学と言われる。「一人称」とは必ずしも作者自身という意味ではなく「主人公」と言うほうが適切かも知れない。要するに、俳句は一人の主人公がいて、その人の目から見た（感じた）情景（感動）を写生するるのだ。それ故に「主人公＝作者自身」と決め付けて鑑賞するのもよくない。俳句はあくまで文芸なので作者が主人公でなくても許されるのだ。

勇気を持って鑑賞する

「〇〇がいいですねぇ〜」「△△という措辞も素晴らしいですねぇ〜」という具合に表現や言葉だけの鑑賞で終わってはいけない。作者は、何に感動したのか、何を伝えたいのかということを具体的に感じ取る訓練が重要だ。

「ああかもしれない、けれどもひょっとしたらこうかもしれない」という自信のない鑑賞も駄目。きちんと一句の焦点を捉えることができずに、いつも曖昧な鑑賞をする、そういう癖がつくからだ。間違いや勘違いを恐れず、「自分はこうだと思う」と断定して、勇気を持って鑑賞することが大事。仮に間違っていたとしても恥ずかしいことではない。そもそも間違いなど鑑賞には無いと考えるべきだ。極論すれば「間違いを押し通す位」が面白い。正に「独断と偏見」の世界だ。

他人の意見は必ず読み返す

自分の意見だけを主張して他人の意見や鑑賞を全く顧みない（興味がない）、という姿勢も反省したい。「なるほど、そういう視点もあるのか」と素直に受けいれる謙虚さを持とう。

句会の合評では、それぞれの意見を参加者全員が共有することで、初めて一句の鑑賞が成り立つ。

鑑賞力以上の句は詠めない

英文の読み書きなら自信があるという商社マンでも、英会話となれば全く別という人もいる。文字ベースの会話は出来ても、ヒヤリング（生の英語を聞くこと）が出来なければ、相手の話が理解できないので喋ることも出来ないからだ。

俳句も同じ。俳句の知識や理論は誰にも負けないと豪語する人が、他人をうならせるほどの佳句を詠んだり鑑賞文を書いたりできるかというと、そうでもない。なぜなら、自然からの語りかけや作者が伝えたい感動を正しく理解できなければ、その感動を言葉に表現したり鑑賞したりすることは出来ないからだ。

表現力は、経験を通して上達出来るし、添削という方法を通して指導することも出来る。しかし、感じ方というのは個性（感性）の問題であり、鑑賞力と言うのは個性の源なのだ。そして、それらは自分で修練して自身で磨くしか向上させる方法はない。

二、俳句の骨法

俳句の骨法の一つは、「事柄」と「モノ」の「取り合わせ」（「二物配合・二物衝突」とも言う）である。通常、季語にはモノが多いが、季語以外のモノも無限にある。事柄にも季語は沢山ある。そこで、俳句の区分・分類の仕方に関して述べてみたい。何故モノが重要なのかが良くわかると思う。

事俳句とモノ俳句

俳句には色々な区分の仕方があるが、その一つに「事俳句」と「モノ（物）俳句」がある。「モノこそ想像力の源泉」という観点で「なるべく一句の中にモノを入れる」ことを心掛けて欲しい。次に、事俳句とモノ俳句の関連を述べたい。

事俳句（事柄俳句）は簡単に言えば文字通り作者の廻りで起きた事柄（「真」もあれば時として「虚」もある）を俳句に仕立てることだ。モノ俳句はモノ（物体）を見てそれを連想しながら俳句を作る手法である。

断定するわけでは無いが、事俳句はどうしても説明っぽくなり「一句一章」が多くなるが、モノ俳句は二句一章的であり飛躍（想像）が楽しめるとも言えようか。別の言い方をすれば事俳句は詠み手（作者）の句作上の上手さに感心・納得はするが読み手（鑑賞者）の想像力を満足させるには難がある。読み手の鑑賞能力にも寄るが、モノ俳句の方が、読み手が面白いと感じる作品が多いということだ。

俳句はいずれにしても「思い」を述べる短詩である。事俳句は思いを直接述べるのに対して、

あかね

モノ俳句は直接述べないでモノに託して自分の思いを表出するのだ。読み手は一旦自分の頭で消化（鑑賞）して、それから解釈をする、とでもいえようか。

モノ俳句には、無駄な言葉やフレーズが無い。どの部分も一字一句削減出来ない。削減すれば壊れてしまうような作品が多い感じだ。十七音をフルに使っているのである。ここにこそ、俳句の真髄を垣間見ることが出来るのである。

ところで、事俳句の発展形態として、景物を介せずに心を直接表現する手法も開発されている。「分からない俳句」（いわゆる前衛俳句に多い）の誕生だ。「事俳句であるのに分からない俳句」である。読み手は多分に作者の思いを離れて自由に解釈して想像・妄想の宇宙を楽しむような感じであろうか。「俳句は詠み手より読み手の文学（文芸）」という所以であろうか。

モノ俳句が俳句の本道

私が主宰を務めている「ジェービィック俳句会」メンバーの次の一句で「事柄」と「モノ」に関して具体的考察を試みたい。掲題作品は作者の個性（重量感・迫力）の溢れた「一句一章」の力作である。

凶作を黙し重ねた皺の数　和人

「凶作」は事柄（偶々「季語」でもある）であり「皺」がモノと言えよう。（要はモノ俳句である）

その意味では事柄とモノの「取り合わせ」であるが、「凶作を」としたことで説明的作品になっている。良し悪しは別として、「一句一章」でモノ（「皺」）はあるが事柄俳句的なのだ。

そこで、上五を「凶作を」から「凶作や」に変えて「二句一章」にすると、（切迫感は薄れるが）正真正銘の「モノ俳句」且つ「取り合わせ」（二句一章）の作品となる。「切れる」ことで説明臭が消え、より「思い」「心の動き」（凶作のイメージ）が拡がることになるのだ。換言すれば、読み手を作品により引き込む、ことになる。その意味で「二句一章」は捨て難い。モノ俳句で「一句一章」は現代俳句の基本形であると考える所以である。

いずれにしてもモノ俳句が俳句の本道ということを頭に入れて俳句に勤しんで欲しい。序に「俳句」は「俳」の「短詩」であることもこの際付け加えたい。

最後に、私の俳句へ取り組む姿勢を述べ、締めくくる。「夢」創始者・前田吐実男先生の「……自分の感性に正直な句を作ろう。例え下手であっても……。右《う》顧《こ》左《さ》眄《べん》せずに自分の感性をもっと信用することである。」というお言葉を心に刻んで、俳句生活を送りたい。

大鋸甚勇のオンリーワン俳句を楽しむ

朧　潤

黙祷の頭の中を鮫過ぎる

昨今は災害が多く、テレビの映像で黙祷の場面を見る機会が増えているのだが、さて自分が黙祷している時、「雑念なく無心で」という人はあまりいないのではないだろうか。作者は鮫が過ぎたと言っているが、これを単なる瞬間的な不隠な発想と割り切らず、しっかりした予知を感じたと捉えると、鑑賞者は様々なことを考えることになる。黙祷の元となる災害に対して、強い反感や無念の思いが生み出されたともとれるし、死者の冥福を祈るだけではないという新しい黙祷の姿も見えてくる。

死に体は得てして長寿鏡餅

作者得意の正月のアンニュイ俳句。死に体は相撲用語で、既に負けている状態の力士のことをいうのだが、最近はそういう粋な判断ではなく、ビデオ判定を重視し、しょっちゅう物言いがつく興醒め相撲も増えた。ここでは、「死にたい」という願望を言っている人にもかけているところがミソ。その心は、そういう人こそ結構長生きしている人が多いという皮肉を粋な判断が消えていく相撲批判にもつなげている。

夏バテの骨を操りパンツ脱ぐ

この句には、骨が夏バテすること、更に、自分がその骨を操ることが出来ること、という二つの発見がある。非常に科学的な着眼といえよう。ところが、落ちは「パンツ脱ぐ」である。高尚な見識が日常に埋没したところで明確に締めたことで俳諧味を増幅させている。

安死術考えており山椒魚

山椒魚は考えることが仕事なので、よほど深刻なことを考えてくれないと鑑賞者には響かない。安死術とは自らの死に対してではなく、誰かを安楽死させる方法を考えているだろうというところに、発想の不気味さがある。迷い込んだかえるとの対話を超えて新たなステージに立った山椒魚の感じている悲哀は、すべての人に通じる現代日本社会の不安と不満を透徹したものである。むろん、これも非人称存在の一句である。

涅槃西風焼場は今日も満杯なり

新型コロナウィルス禍を契機に通常の葬儀はほとんど行われなくなり、葬祭業者は重大な経営危機を迎えている。葬式そのものをしないケースさえ増えているが、お骨を焼くことは必須であり、多死社会の中、焼場の存在だけは揺るがない。「今日も満杯なり」といういたく健全に言い切っているところにペーソスがあるのである。

俺の逝く方へと曲がる枯野道

そのまま鑑賞すれば、枯野道は、寺や斎場に向っていると考えて良いだろう。しかし、作者の枯野道はおそらく観念であり、人が亡くなる時に自然に現れる幻の道なのかも知れない。見方を変えれば、枯野道が亡くなりそうな人を捜しているのである。ある時、自分の人生に枯野道が出現してしまった。静かで恐ろしい光景である。枯野道の新たな存在理由を見い出したという点でオンリーワンの句である。

赤棟蛇京急特急疾走す

スッと草むらから現われる赤いヤマカガシを、なんと京浜急行に見立てたのが驚きである。軌間（レールの幅）がＪＲより短い京急は特急・快速・急行など様々な種類があり、乗る電車を間違えて目的の駅を通り過ぎてしまうことを、誰もが一度や二度は経験しているのではなかろうか。そう「疾走」は、降車出来ずに車内に取り残された作者の不快感の表現なのかもしれない。つまり、「疾走」はネガティブに使われているのであり、上五の赤棟蛇が活きてくるのである。

虎落笛獲物を求め救急車

救急車とは、本来急病人が大至急「求める」ものである。作者はそれを逆転させている。求められるものは患者ではなく、獲物ときた。恐い句だ。しかし、である。この虎落笛は、救急車を求める彷徨える患者たちの声ではなかろうか。そう考えると、実はこの救急車は絶対に患者を逃すまいとする、極めて業務に忠実な象徴と言えるのかもしれない。

外人のギッチョで抓む冷奴

フォークは左手で……というマナーからか、外人にサウスポーが多いという先入観は多くの人にあると思うが、今では差別用語っぽい「ギッチョ」を持って来たことで、日本の食文化としての豆腐と対峙する外人の姿を滑稽に描写している。抓むのが冷奴であることで、さりげなく堅苦しくなく楽しげに冷奴に向き合っているエトランゼに好感を持ちたくなる和やかな世界へ誘う。過不足無くリズミカルにまとめたお手本となる句。

非人称存在の俳句の魅力

朧　潤

「夢」句会では、非人称存在の俳句作りを重要な手法と位置付けている。そもそも「俳」という字が示すように、俳句は人に非ずというところから出発しているわけだが、非人称存在の俳句では個我が消えているのである。

一般的に個我とは、一人称であり自分自身ということであろう。俳句の基本から考えれば、一人称省略は極めて当然の形式であるが、一人称が省略されてはいても句の中に個我が存在するのが普通である。しかし、非人称存在の俳句では個我は完全に消滅しており、主語としての人称は存在しないのである。つまり自分自身だけではなく二人称、三人称を含めすべての人間の考えや行動が消されており、主体は自然でありモノである。

俳句の中でモノは風景や季語としての役割をするのではなく主体として存在するのである。言い換えればモノが虚ではなく実としての行動をするのである。ところで、例えば一般的な風景を詠んだ俳句では個我が消されていたとしても作者の主観は主観として存在するのだが、非人称存在の俳句では主観が作者の意識から分離する。つまり、主観の客体への移行が行なわれるのである。主観がモノに乗り移り、モノが主観を持つことになるのである。

非人称存在の俳句は、主体をモノで表現するだけでなく、作者の主観が一句の対象（モノ）と一体となることがポイントである。そこでは作者の主観がそのまま一人称としてモノの中で主体的に表現されるのではない。主観がモノの中でいわば独立的に作用する客体として存在するのである。それは、作者がモノであり、モノが作者になるという自在性を意味する。すなわち、虚実自在であると言えるだろう。

もう一つの特徴は、個我が完全に消滅しているという前提を踏まえた上で、様々な人称に置きかえて鑑賞することも出来ることである。主語が一人称でも二人称でも三人称でも、十分に様《さま》になった鑑賞が出来る俳句なのである。

非人称存在の俳句は人間存在の本質をとらえていると、結社創始者の前田吐実男は語っている。

神代桜

だから「夢」句会は俳諧を選択する

川柳、短歌と俳諧の違い

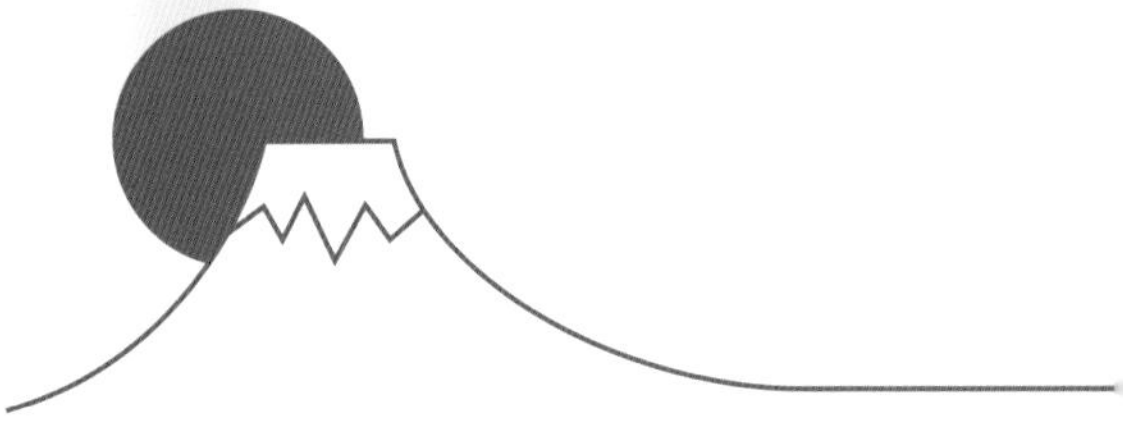

朧　潤

川柳と俳句は共に五七五の十七文字の文学だが、決定的違いは俳句には季語を入れなければならないという決まりがあることだ。つまり、それだけ俳句では使える語句が少なくなり、自分の言いたいことを分かりやすく伝えたり、説明したりすることが難しくなる。川柳より表現力が問われることになるわけである。

とはいえ、川柳も、ただ説明するだけでは川柳とは言えない。十七文字の中に、鑑賞者を納得させられる諧謔が必要になる。言い換えれば、川柳はその句を鑑賞した時、共通の答をもっていると言える。一方、俳句はどう鑑賞されようと自由である。つまり、正解がない。実は、ここにこそ俳句における作者と鑑賞者それぞれの自立性が存在するのである。

そして、その間に位置するのが俳諧である。俳諧は、俳句でありながらどの鑑賞者にも同質の諧謔性を感じさせる明快さがある。つまり、ある程度共通の答を持っている。但し、決してそこには縛られず、自らの発想をどう解釈されようと気にする必要はないという逃げ道も持っている。だから、様々な解釈が出来るように、説明をし過ぎてはいけない。短歌のように自分の気持ちを相手に率直に伝えることは不要。むしろ許されない。文字数の多い短歌と比べ少ない言葉の中に自身の思いを加えることは無粋なのである。

俳諧は、川柳・俳句と微妙に異なりながら交わることを是とし、いずれにも出入りできる自在性を持つ。だから、「夢」句会は俳諧を選択するのである。

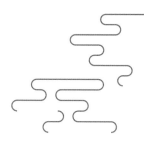

大鋸 甚勇　（おおが じんゆう）

1942年 富山県氷見市生まれ。神奈川県逗子市在住。
「像」（高井泉主宰）同人を経て「夢」（前田吐実男主宰）同人。
現在は「夢」（朧潤主宰）顧問。「ジェービィック俳句会」主宰。
現代俳句協会会員。「短歌人」所属。

写 真　原田 寛
　星月写真企画
日本画　福井 良宏
デザイン　青山 志乃（ブルークロス）

企 画　俳句結社「夢」
編 集　朧 潤

結社「夢」のオンリーワン俳句づくりに参加しませんか。
どなたでも大歓迎です。

連絡先　俳句結社「夢」
〒248-0007 鎌倉市大町 3-4-25
Fax:045-641-3504
Mail:tanaka@jml21.jp

年下の老人・白鳥でいる不安
不思議と奇怪の間の句集

2023年7月20日　初版第1刷

著 者　大鋸 甚勇
発行人　田中 裕子
発 行　歴史探訪社株式会社
〒248-0007 鎌倉市大町 2-9-6
Tel 0467-55-8270 Fax 0467-55-8271
http://www.rekishitanbou.com/
発売元　株式会社メディアパル（共同出版者・流通責任者）
〒162-8710 東京都新宿区東五軒町 6-24
Tel 03-5261-1171 Fax 03-3235-4645
印刷・製本　新灯印刷株式会社

ISBN978-4-8021-3404-0